魔兔傳說SOS ④

利倚恩 著

惡魔影子

岑卓華 繪

利倚恩的話

你覺得真心話容易說出口嗎？

在《惡魔影子》的故事中，有三個無法說出真心話的孩子——

一個溫柔體貼，怕對方不高興；一個恐懼，怕被人打罵；一個自暴自棄，怕被人嫌棄。

他們各有害怕的理由，以致把真心話埋在心底，壓抑自己的情感。日子久了，他們越來越難以表達自己的感受和想法，默默承受着巨大的壓力。

無論是大人或孩子，說出真心話都需要勇氣。我不只一次聽同學說：「說出來都沒用，爸媽都不會聽。」

這些同學認定沒有人重視自己的感受，甚至認為不開心是理所當然的，任由負面情緒像影子一樣跟着自己。

不過，我始終相信只要你願意說出心裏的想法，總會有人聽得見，有人明白你的需要，向你伸出援手。

但願每個孩子都能真心真意面對自己，但願每個大人都能快速地感應到孩子的求救訊號。

月落之國的影子到處搗亂，居民響起求救聲，你聽得見嗎？影子為什麼要這樣做？魔法兔有什麼解決方法呢？來打開魔法之門，一起和魔法兔去冒險吧！

人類世界流傳着一個都市傳說——
在成年之前，每人都有一次機會，
來到名叫「月落之國」的奇幻國度。
在那裏，有一間「魔兔便利店」，
人類可以在店裏找到解決煩惱的方法。

「叮咚！」店門打開了。
「歡迎光臨！」
誰是今天的幸運顧客？

魔兔便利店成員

不動大師〔伊索魔法兔〕

店長 年齡不詳，安哥拉兔

魔法能力：高級
可以隨意召喚《伊索寓言》的角色。有智慧，懶惰，不消耗無謂的體力。

芝絲露〔食物魔法兔〕

廚師 12歲，道奇兔

魔法能力：初級
可以用食物製作魔法藥，動物和人類服用後，會獲得相關能力。好奇心重，愛幻想，時常出現腦內小劇場，最愛吃芝士。

芭妮〔氣象魔法兔〕

店員 13歲，垂耳兔

魔法能力：中級
可以控制自然現象，隨時呼風喚雨。外表嬌小柔弱，其實身手敏捷，行動力強；不喜歡魔法，如非必要不會使用。

白公子〔植物魔法兔〕

店員 13歲，海棠兔

魔法能力：中級
可以控制植物的活動和形態。風度翩翩，有王子氣質但自戀；自稱大偵探，但推理能力值是「零」。

月落之國國民

米克〔小飛龍，哥哥〕

樣子兇惡，心地善良，責任心強，最討厭被人冤枉，生氣時鼻孔會噴氣。

小卡〔小飛龍，弟弟〕

可愛乖巧，喜歡交朋友，只會「咿咿」叫，不會說話，但聽得懂別人的話。

安娜〔影子魔法兔〕

10歲，獅子兔

魔法能力：初級
可以控制影子，思想單純，調皮，容易感到寂寞，有時會故意說反話。

目錄

「我撿到一本惡魔筆記簿！」

放學後，十一歲的志誠獨自走向校門，途經樓梯附近的花槽時，發現一本筆記簿。他拿起來看，封面和封底都沒有寫姓名。

志誠打開第一頁，**「惡魔」**兩個大字緊緊抓住他的目光，第二頁整頁寫滿「惡魔」兩個字，第三頁畫了一隻頭上長角、滿嘴尖牙的惡魔。

志誠快速翻看一次筆記簿，有文字、有圖畫，雜亂而毫無條理。那些惡魔畫得很恐怖，令人毛骨悚然，相信物主一定很擅長繪畫。

「到底是誰畫的呢？為什麼要畫惡魔？」

「志誠，我們去踢足球，你來不來？」五個同班男同學在樓梯上叫喊。

「我有事，下次吧！」志誠大聲回應。

「你很久沒和我們踢足球，下次一定要來啊！」

「好啊！」

同學們興致勃勃，志誠不想掃興才說好，他根本沒有閒暇踢足球 ⚽。

志誠看一眼電子錶，立刻變了臉色：「原來這麼晚了。」他趕快把筆記簿塞入書包，向着校門跑過去。

「我數三聲，大家一起扔出去。」

當志誠穿過操場時，上面響起老師的叫聲。他抬頭張望，十個同學並排站在四樓走廊，老師倒數三聲後，十隻紙飛機同時飛上天空。

「我的紙飛機飛得最遠，哈哈！」

「怎麼一下子就掉下去？」

這些同學是科學小組的成員，經常做有趣的實驗。志誠凝望着滿天紙飛機，不禁露出既**開心又羨慕**的表情，思緒坐上紙飛機，飛到一年前的家長日——

學校在家長日當天，舉辦了攤位遊戲和科學視藝活動。當時，科學小組的同學分別用各種物料包裹生雞蛋，從高處掉下去，看看誰的雞蛋不會破掉。

　　志誠覺得很有趣，很想加入小組做實驗。誰料志誠還沒開口，媽媽便感慨地說：「他們真悠閒呢！」

　　看到媽媽一臉倦容，志誠只好點頭附和。簡單一句話，他聽得出包含着**千言萬語**。

　　自從爸爸在兩年前因車禍而離世，一家人的生活有了重大變化。媽媽早上在茶餐廳工作，下午在家託管小朋友，照顧三歲的妹妹和另外三個小孩。

　　妹妹向來體弱多病，經常看醫生，有時還要住院留醫。

　　志誠本來參加很多課外活動，為了節省

開支，取消了所有付費活動。放學後，他總是第一時間回家，主動教託管的小孩做功課，減輕媽媽的負擔。

直到晚上七時，當所有小孩回家後，志誠才有時間溫習和做功課。偶然遇着有些父母公司加班，媽媽也要加班照顧小孩，累得一躺下來便睡着了。

每當志誠做好家務，或考試拿到好成績，媽媽都會開懷地笑：「志誠真是懂事的好孩子。」

志誠喜歡看到媽媽的笑容，很清楚怎樣做才能讓她笑，他寧願睡少一點，也要努力讀書，不讓學業成績退步。

好累！好想去玩！好想做有趣的科學實驗！這些話一句都不能說。日子久了，志誠學會看別人的臉色，不再輕易說出真心話。

四樓的同學來到操場，撿起掉落的紙飛機，把志誠的思緒拉回到現在。

　　看到志誠看得入迷，一位男同學熱情地說：「下星期六早上，科學小組會在公園做肥皂泡實驗，你可以來參加啊！」

　　「但我不是你們的組員⋯⋯」

　　「誰人想來都可以，老師沒所謂的。」

　　在妹妹出生前，爸爸會帶志誠去公園吹肥皂泡，每次都玩得很高興。**志誠好想再玩一次**肥皂泡，只要參加一次科學活動便會滿足了。

　　現在每逢星期六，志誠都會留在家裏，幫媽媽照顧託管的小孩。如果只是外出一小時，媽媽應該應付得來的。

　　志誠頓時感到人生充滿希望，笑着回答：「我一定會來的。」

　　當天晚上，志誠本來想等所有小孩回家

後，和媽媽商量活動的事。可惜，有父母要加班，一直等到十時才接子女回家。

「這麼晚才來，也不想想我們也很為難。」

看到媽媽有點生氣，志誠只好**把想說的話吞回去**。

夜深了，志誠做了一個夢：在空蕩蕩的路上，他被一隻恐怖的惡魔追殺，筆直的路沒有盡頭，他用盡全力向前奔跑，想喊「救命」，卻發不出聲音。

起初，路上只有一隻惡魔，跑了不久竟然來了第二隻。他再跑下去，陸續增加至三隻、四隻……

第二天早上，鬧鐘響起，志誠張開眼睛，發現流了一身汗，好像跑完一場馬拉松似的。

「難道是惡魔筆記簿的詛咒？」

今天是家長日，媽媽會和志誠去學校，

他決定把筆記簿交到校務處。

在這一刻，志誠還不知道惡魔筆記簿的

真正存在意義。

過了一晚，媽媽的心情應該好轉了，志誠正想説出參加活動的事，媽媽突然慌張地説：「妹妹發燒了，我要帶她看醫生。」

「你覺得怎樣？」志誠摸妹妹的額頭，熱得燙手。

「好辛苦……」

「對不起！你自己去學校，我會打電話給班主任。」

「嗯，沒問題。」

媽媽露出稍微放心的表情，趕快抱着妹妹出門。

志誠望着無人的家，不禁歎了一口氣，是我想着去玩太自私吧？果然連幻想一下都是錯的。

志誠一方面擔心妹妹，另一方面十分自責，無助得連呼吸也感到困難。好不容易換上校服、背起書包，他握着大門的門把，自言自語：「有誰可以幫幫我們？」

　　就在大門打開的瞬間，一道刺眼的強光迎面襲來……

第②章
去冒險吧！

在月落之國，小飛龍 一族熱愛自由，喜歡在高原和山上生活。每當你抬頭向上望，隨時看到小飛龍在天空飛翔。

傳說小飛龍的祖先都會使用魔法，後來不知道什麼原因，魔法漸漸失傳，現在的小飛龍都沒有魔法力量。

在彩虹鎮的鬼火山上，本來住着小飛龍一家四口，他們經常下山遊玩，跟鎮上居民十分熟稔。

一年前，小飛龍媽媽凱莉生病去世，爸爸伯特出門後再也沒回來，從此音訊全無，留下米克和小卡兩兄弟。

小卡的成長比其他小飛龍慢，很遲才學會走路、飛行和覓食。他可以聽見說話，自

己卻不會講話，到底他是先天性啞巴，抑或還沒學會說話呢？

　　成年小飛龍通常會四處遊歷，米克卻一直留在山上的湖畔，他要照顧弟弟，也要**等爸爸回來**。

　　究竟伯特去了哪裏？為什麼不回到彩虹鎮？米克每天都在思考這個問題，唯一的傾訴對象只有伊索魔法兔不動大師。

　　因此，當不動大師提出離開彩虹鎮，尋找失蹤的伯特時，米克毫不考慮便答應了。

　　「伯特離開前，跟你説過什麼？」不動大師問。

　　「爸爸只是説要見一位老朋友，我不知道是誰，也不知道他有什麼朋友。」米克説。

　　「伯特往哪個方向飛走？」

　　「西方。」

　　「真神秘呢！我們就去西方探險吧！」

魔兔便利店**暫停營業**，魔法兔、小飛龍和橡子精靈駕駛魔兔便利車，展開尋龍旅程。

陽光灑落的午後，魔兔便利車停泊在郊外的河邊，大家在草地上休息，商量接着的行程。

「再開車三十分鐘，就會到達**光影鎮**喔。」芭妮看着地圖說。

「我們一直向西方走，什麼都沒有發現，會不會走錯路？」芝絲露問。

「伯特可能在途中飛去其他地方，線索太少很難找呢！」白公子說。

「我們先去光影鎮，說不定會有**意外收穫**，呵──」不動大師橫躺在草地上，打了一個呵欠。

突然，樹林裏響起拍打聲，並傳出男孩

的叫聲：「打不開！打不開！為什麼打不開？」

不動大師的耳朵動了動，嘴角微微上揚 。

「我們離開彩虹鎮後，第一次遇到呢！」芭妮冷靜地說。

芝絲露和白公子交換眼色，一起變成兔子，悄悄地走過去。他們不是怕有危險，而是怕嚇倒對方。

「為什麼打不開？」

一個穿着校服、背着書包的男孩不停拍打粗壯的樹幹。

「你想打開什麼？」後面有聲音問。

男孩嚇了一跳，回頭一望，竟然看到兩隻兔子盯着自己 。

「兔子會說話？」男孩嚇得跌坐在地上。他是志誠，忽然來到陌生的世界，還有兔子跟他說話，頭腦一片混亂。

「我還以為這樣出場不會嚇倒他。」芝絲露說。

「看來我們要再練習其他出場方法。」白公子說。

兩隻兔子變回人形，志誠震驚得只會張開口，說不出一句話。

「你很怕我們，以為我們是壞人嗎？」芝絲露問。

志誠想也不想地點頭。

「我天生英俊瀟灑，做壞事太浪費了。」白公子走上前，蹲下身說：「這裏是月落之國，我們是魔法兔，你剛才是不是從這棵樹走出來？」

志誠點了一下頭，用屁股後退，深怕眼前的魔法兔變成大怪物，一口吃掉自己。

「你知道魔法兔的都市傳說嗎？」白公子問。

志誠搖了一下頭，他忙於應付學業，很少閱讀圖書，同學們也沒有談起這個話題。

白公子於是説出魔法兔🐰的都市傳説，以及他們來到這裏的原因。

聽着聽着，志誠繃緊的表情**逐漸緩和下來**，他們看起來頗友善，應該不會傷害自己吧。

「咕——」志誠沒有吃早餐，肚子發出飢餓的叫聲。

「你等一等。」芝絲露匆匆返回魔兔車，再急急回來，送上一個杯子，深咖啡色泥土上爬滿一條條綠色幼蟲。她笑着説：「好可愛吧，請你吃！」

志誠心想：好噁心，一點也不可愛！泥土有朱古力味，我不喜歡吃朱古力。

「看你臉色蒼白，連站起來都沒力，吃點東西補充體力啦。」芝絲露充滿誠意。

志誠勉強擠出笑容，吃了一口「泥土」和一條「幼蟲」。

「是不是很好吃？」

「嗯。」志誠沒有咀嚼，閉氣吞下去，泥土是朱古力蛋糕，幼蟲是青檸軟糖。

「嘻嘻！」芝絲露得意地擦一下鼻子。

走出樹林，志誠看到米克和小卡，再次大吃一驚：「有恐龍呀！」

「我們是小飛龍。」米克糾正。

小卡飛到志誠身邊，伸長鼻子上下探索，確認他的氣味。

志誠戰戰兢兢地伸手摸小卡的頭，看到小卡開心地「咿咿」叫，他總算放心了。

「原來除了人類世界，還有另一個世界，我不知道的事情還有很多呢！」志誠看着電子錶，數字停止跳動，於是問：「月落之國和人類世界的時間一樣嗎？」

「我們沒去過人類世界，也沒重遇以前來過的人類，不知道答案呢！」白公子攤開雙手說。

志誠回想看過的穿越時空電影，主角回到過去期間，現在的時間會停止。當主角回到現在後，時間才重新運行。

「人類世界的時間應該暫停了，如果真的是這樣，那就不用急着回去。」

「那麼你要不要跟我們去冒險？」白公子問。

「**冒險？**」志誠掃視眼前的新朋友，不想錯過難得的機會，只要體驗一次便滿足了。他點頭回答：「好！」

「出發前，送你一件喜歡的東西。」不動大師站起來，伸了個懶腰，打開魔兔車的側門，林林總總的兔子貨品展現眼前。

雖然便利車的貨品比便利店少，但全部

都是志誠沒見過的包裝，好像一間兔子商品專門店🐰。

　　志誠看中一包兔子貼紙，正想取下來時，斜眼望見不動大師的嘴角向下彎，只好把手縮回去。

　　當志誠走到糖果區前，看到不動大師的嘴角向上彎，他才放心取了一包超級酸味糖果。他說：「我要這個，謝謝！」

　　魔兔車出發前往光影鎮，小卡邀請志誠坐在他的背上：「咿咿。」

　　「好高啊！」志誠興奮地喊。

　　清爽的風迎面吹來，從小飛龍上望去的視野非常遼闊，景色又漂亮又夢幻。放眼遠望，完全看不到邊界，月落之國究竟有多大呢？

　　忽然間，地面傳出「轟隆」巨響，一陣紫色濃煙直衝天空，發生了什麼事？

第③章
出奇魔術團

在光影鎮近郊，一幢大房子的**花園起火了**，火勢十分猛烈，還飄出紫色濃煙。

「雲之上，日之心，請降下大雨！」

魔兔車全速衝向花園，芭妮站在車頂上，右手指着天空，大房子上空隨即下大雨，不消一會便澆熄大火。

「魔法兔真厲害！」志誠看得目瞪口呆。

當大家的注意力集中在火場時，不動大師忽然有所感應抬起頭來，竟然看到**紫色濃煙的暗號**。

「我們也去幫忙吧！」米克借助風力滑翔，輕輕鬆鬆地降落。

小卡模仿哥哥滑翔，卻摔個四腳朝天，並把志誠摔到地上，弄痛了屁股。

當紫色濃煙散去後，十隻被雨淋得全身濕淋淋，狀態狼狽的動物出現眼前，包括梅花鹿、鱷魚、銀狐、松鼠、白熊和大象等。他們都是「出奇魔術團」的成員，會到各地巡迴表演。

「謝謝你們！」梅花鹿團長基斯說。

「究竟燒什麼會有紫色濃煙？」芭妮問。

芝絲露看到燒焦的用具，問：「你們本來想燒烤嗎？」

十隻動物一起點點頭。

當出奇魔術團來到光影鎮後，鱷魚廚師巴頓購入大量食材，不久接到母親患病的消息，於是退團返回老家。

團員會在光影鎮逗留一個月，租住的大房子附近沒有食店，他們唯有親自下廚，沒想到竟然引起火災。

「我們還以為做菜很簡單，現在才知道

巴頓的重要。」銀狐雪麗説。

「芝士兔，你不如幫幫他們。」白公子説。

「哈！看我大顯身手！」

芝絲露打開魔兔車的車門，芭妮和白公子搬出簡單的爐具。芝絲露運用沒有燒毀的食材，以純熟的手法烹調，好像變魔術似的，三兩下功夫就做出一桌美食。

「太好吃了！」白熊艾倫説。

「你可以留下來做我們的廚師嗎？」松鼠阿芙拉問。

「在店長面前挖角太不客氣了吧。」不動大師説。

「對不起！」基斯説：「我們會招募新廚師，芝士兔暫時留下來，教我們做簡單的料理可以嗎？」

「我不想連房子都燒掉，拜託！」艾倫雙手合十。

「雖然我很想幫你們，但我們有十分重要的事情要做。」芝絲露說。

「爸爸說過在你面前有人需要幫助，你不伸出援手，沒資格說遠大的目標。」小飛龍米克說。

大家都覺得米克有道理，一起望向不動大師，他聳一聳肩說：「長時間舟車勞頓，我也想休息一下。」

在房子的隱蔽角落，有一雙眼睛牢牢地盯着眾人。是誰輕易隱藏氣息，連不動大師也察覺不到？

出奇魔術團租住的大房子還有兩間空房，男子組和女子組剛好各一間，小飛龍兄弟則留在花園。

到了晚上，芝絲露和三隻橡子精靈去廚房，她摘下甜筒頭飾，頭飾自動變大。她打

開雪糕球，取出一個個小瓶子，排在桌子上。

在旅途上，芝絲露只要見到特別的植物或沙石，便會收集起來。等大家都睡覺後，她就**開始研製魔法藥**。

橡子精靈推倒一個小瓶子，倒出三朵蜜蜜花，他們爭相吸花蜜，全身瞬間變成紅黃綠三色，好像交通燈一樣。

芝絲露把瓶子裏的材料放在鍋子裏，小心調節火力，一邊攪拌材料，一邊注入魔法力量，最後蓋上鍋蓋。

橡子精靈圍着鍋子，等待見證魔法藥丸的誕生。

「不要眨眼啊！」

芝絲露小心翼翼地打開鍋蓋，全新魔法藥丸閃出耀眼的光芒。

「好可愛！」

芝絲露滿心歡喜，誰也不知道這些魔法

藥丸**即將派上用場**。

在男子組的房間，不動大師早已呼呼大睡。

志誠整理隨身物品，幾乎忘記惡魔筆記簿還在書包裏。他再看一遍，發現筆記簿的主人寫字很大力。寫滿「惡魔」兩個字的一頁，**有四個字糊掉了**，可能是沾到了水。

筆記簿上共有十隻惡魔，全部都是頭上長角、滿嘴尖牙，每一隻的形象卻有所不同，有的折斷畫筆和調色盤，有的踩着課本和作業簿，有的發脾氣大吵大鬧……

此外，每隻惡魔旁邊都有小小的簽名，字體潦草，看不出名字，只看到名字上方有一雙長耳朵，右方有一支筆。

「我好像在哪裏**看過這個簽名**。」

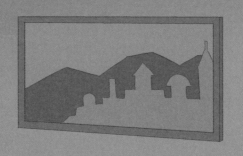

　　微涼的晚風從窗戶吹進來，志誠放下筆記簿，走到窗前眺望看不見星星的夜空。電子錶仍然停止跳動，他相信原來的世界依然是白天。

白公子從外面回來，向志誠遞上一包薯片，壓低聲音說：「我從魔兔車拿出來的，千萬不要告訴不動大師。」

　　志誠晚餐吃得太飽，不想再吃東西。可是他**不想辜負白公子**一番心意，還是吃了幾片。

　　「你一直望着外面，是不是想回家？」白公子問。

　　「不是，只是第一次在外面過夜，感覺很特別。你想回家嗎？」

　　「魔法兔🐰到了十二歲便可以工作，離開父母生活。我和爸媽會寫信聯絡，成為高級魔法兔之前，**我不會回家**。」

　　「修煉嗎？」

　　「算是吧。」白公子望向牀鋪，笑着說：「別看不動大師懶洋洋的，其實是厲害的高級魔法兔，他是我的**奮鬥目標**💪。」

「你有奮鬥目標真好呢！」志誠流露羨慕的神色。

「你有什麼想做的事情？」

「我沒想過。」

「不一定是遠大的夢想，可以是目前的小目標。按着自己的步伐，實踐一個個小目標，總有一天會遇見想要實現的大夢想。」

「夢想⋯⋯我有資格嗎⋯⋯」

志誠沒有夢想，沒想過，也不敢去想。生活使人疲累，追求夢想太奢侈了。

不動大師的耳朵微微一動，他在夢裏遇見什麼嗎？抑或其實還沒睡着呢？

烏雲慢慢散去，月亮的光輝照亮大地，房子、樹木、汽車的影子漸漸拉長。

就在眾人不留意的時候，地上的影子一個接一個站起來，露出詭異的笑容。

第④章
惡魔影子

出奇魔術團將會在大劇場表演，十位團員配合大型道具、燈光、音樂和舞蹈，呈現出舞台魔術獨特的魔幻魅力。

為了方便練習，團員們移開客廳的家具，充當臨時舞台。大清早，他們便起牀做熱身運動，為明天的表演綵排。

打頭陣是一場歡樂的歌舞，唱唱跳跳期間下起雪來，雪花接着結冰，再開出一朵朵玫瑰花。

「嘩！好漂亮！」芝絲露雙眼閃亮，看得陶醉。

「果然是頂級魔術師，差點以為他們會氣象魔法。」芭妮說。

「魔術雖然很精彩，但還是魔法比較屬

害。」白公子説。

「好啦，**全世界你最厲害！**」芭妮取笑白公子。

白公子看着客廳牆邊的盆栽，心血來潮揚起手，盆栽裏的植物迅速長高，枝葉遮蔽天花板。他打一個響指，枝葉間開出色彩鮮艷的花。

躲在客廳角落的**神秘人**偷偷笑，究竟盤算着什麼可怕的事情？

梅花鹿團長基斯拍手叫好：「你不如加入魔術團，盡情發揮潛能，我們一定很合拍。」

「我只會魔法，不會魔術，況且用魔法表演好像不太好吧。」

「我們不應該限制魔法的用途，要將目光放遠……」基斯伸長手臂指着遠方，所有人跟着望向遠處，他繼續説：「魔術也好，

魔法也好，**不用來做壞事就好了**。」

「你們真喜歡在店長面前挖角呢！」不動大師以開玩笑的語氣說。

第一次被人挖角，白公子感到被重視，不禁**飄飄然**起來。不過，他很快便清醒過來：「謝謝你的賞識！我很喜歡現在的工作，不打算轉工。」

「真可惜！」基斯失望極了。

一陣沉默瀰漫開來，誰讓誰心情欠佳，志誠最怕這種**難以呼吸的氣氛**。

「這個人很麻煩，他要是加入魔術團，你肯定會後悔。」芭妮用手肘撞一下白公子。

「真的嗎？」基斯問。

「真的真的。」

志誠看得出芭妮努力**打圓場**，化解彼此的尷尬。基斯難掩失望之情，卻沒有再遊說白公子跳槽。

惡魔影子

團員們繼續綵排，客廳的射燈全部亮起，播放悠揚的音樂，表演凌空飄浮和空中旋轉。身體隨着音樂的節奏，順時針緩慢地轉動，速度不快反而令觀眾心跳加速。

突然，凌空飄浮的團員逆時針高速旋轉↺↻↻，手腳更做出奇怪的動作。

「哇啊！我的手腳不受控制啊！」

「為什麼會這樣？」基斯大驚失色。

這不是魔術表演的環節，也不是道具故障，唯一的可能是⋯⋯

「有人用魔法控制他們。」不動大師說。

「我沒有用魔法。」芝絲露、白公子和芭妮同聲說。

呼嘻嘻，嘻嘻！

一陣陣笑聲在客廳迴盪，浮在空中的團員一一掉下來，幸好地上鋪設軟墊，才沒有受傷。

呼嘻嘻，嘻嘻！

檯布起起伏伏，好像有小動物鑽了進去似的。基斯用力一扯，檯布下面竟然走出**三個黑影**：茶壺、花瓶和燭台。

呼嘻嘻，嘻嘻！

「好痛！」銀狐雪麗和白熊艾倫無緣無故做體操。他們的影子咧嘴大笑，並且站了起來，跟真身一起扭曲手腳，做出高難度動作。

不只這樣，橡子精靈、魔法兔和志誠的影子都跳出來，在真身面前搖頭扭腰。

「基斯，房子裏有影子魔法兔？」不動大師問。

「光影鎮沒有魔法兔，就只有你們四個。」

「影子魔法兔不是**滅絕了嗎**？」芝絲露問。

「你才滅絕，笨蛋兔！我吃得飽、睡得好，精力過人！」一隻**矮小的獅子兔**從窗簾後跳出來。

「我不是笨蛋啊！」

芝絲露撲上去，想抓住小小魔法兔，卻被自己的影子抓住腳踝，摔倒在地上。

「我叫安娜，是法力高強的影子魔法兔，我很可怕啊！你們很害怕吧？有本事就來捉我呀！」

安娜做了一個鬼臉，其他影子也跟着扮鬼臉，**一溜煙逃 出窗外。**

「我的影子逃走了。」志誠雙腳發抖，被突發狀況嚇壞了。

「影子有生命，還可以控制真身，影子魔法太強大了！」芝絲露也膽怯起來。

很久很久以前，影子魔法兔是月落之國**最富裕的族裔**，擁有大量土地和財產，還有強大的法力。他們是隱藏高手，和其他動物和魔法兔和平共處。可惜，擁有越多，貪念越大，影子魔法兔一族不滿足於現狀，除了財富，還想要權力。

他們變得越來越霸道，不但到處挑起紛爭，還會恐嚇威脅，甚至用武力奪取別人的生命。那些脫離真身的影子兇殘暴戾，做了很多壞事，人人都叫他們做「**惡魔影子**😈」。

眾多魔法兔為了保護弱小的動物，聯合起來反抗影子魔法兔，激起了一場魔法大戰。大戰期間，影子魔法兔起**內鬨**⚔，自相殘殺。在各種因素下，影子魔法兔大敗，死傷無數。

之後，沒有人再見過影子魔法兔。到了

今天，影子魔法兔已經是個傳說，流傳後世的資訊少之又少，很多年輕人從沒聽過他們的名字。

不動大師看過古書，提到真身和影子必須在一起，影子一旦離開真身，真身便會變得虛弱。分開時間越久，影響越大。

安娜是影子魔法兔的後裔，她有同黨嗎？使喚影子有什麼目的？

解鈴還須繫鈴人，想影子回到真身，要先找到施魔法的人。

「基斯，你們和小卡留在房子裏，橡子精靈會保護你們，我們找安娜回來。」不動大師説。

「時間緊迫，我們不如分頭行事。」芭妮提議。

「志誠，你和我一組好嗎？」白公子的眼神充滿期待。

「咦？」志誠心目中的「冒險」是接觸新奇有趣的事物，度過驚險快樂的時光。什麼影子魔法？什麼敵人？完全超出他的想像！

　　太可怕了！我不想出去！

　　如果志誠要留下來等待救援，相信白公子不會勉強他出動。可是，一想到白公子會失望，他就覺得是自己做錯。

　　「好，我和你一組。」

　　魔法兔分成三組：芝絲露和芭妮、不動大師和米克、白公子和志誠。

　　安娜在哪裏？有生命的影子會做出什麼壞事？

惡魔影子

50

第⑤章
高速急轉彎魔法水窪

影子搶我的方向盤啊！

影子偷東西啊！

影子打我，好痛！

從大房子走出來的**影子到處搗亂**，大人小朋友既驚慌又生氣，有人尖叫，有人跌倒，有人受傷。車輛停在路中間，造成大塞車。

芝絲露和芭妮來到分岔路口，只是過了五分鐘，市面已經亂七八糟。

「我感應不到安娜的氣息。」芝絲露説。

「她會**隱藏氣息**，不如想想小女孩會去哪裏？」芭妮説。

「哇哇……」一陣陣哭聲從左邊傳過

來，芝絲露豎起耳朵細聽：「有很多小朋友哭了。」

「可能是學校，我們快過去。」

芝絲露和芭妮朝着哭聲的方向奔跑，來到一所幼稚園。

呼嘻嘻，嘻嘻！

影子站在小朋友背後，有的強迫他們在牆上塗鴉，有的強迫他們掃地，有的強迫他們不停盪鞦韆，任由他們哭哭啼啼。

這些影子不是從大房子走出來，而是小朋友本身的影子，影子魔法的**範圍竟然擴大了**。

「怎會這樣？」芝絲露傻眼了。

「連小朋友都欺負，真可惡！」芭妮看不過眼。

「老師在哪裏？」芝絲露四處張望。

「救命啊！」

三個老師站在課室門前，他們被地上的影子固定，動彈不得。

　　芝絲露和芭妮衝上前，撲向地上的影子，影子敏捷地左閃右避。不要說拉走他們，**連碰也碰不到**。

　　芝絲露靈機一動，雙手插腰說：「你們只會躺在地上，一定是法力太弱站不起來。」

　　芭妮馬上領會到芝絲露的意思，向老師們使眼色，並悄悄地移動雙腳。

　　三個影子你望望我，我看看你，冷笑幾聲後同時站起來。

　　「就是現在。」芝絲露和芭妮看準時機，抓住影子的手臂：「我抓到了！」

　　老師們立刻跑到小朋友身邊，緊緊地抱着他們。

　　可是，下一秒鐘，影子的手臂竟然變幼，從掌心滑出來。

「怎會這樣？我明明抓住了。」芝絲露說。

三個影子得意地扭腰，再次滑到地上，回到老師身邊。

「他們滑來滑去，好像一條條人形鰻魚。」滑溜溜的觸感留在掌心，芭妮覺得很噁心。

「啊，我想到方法了！」芝絲露的眼睛亮了一下：「**以其人之道，還治其人之身。**」

「你有變做影子的魔法藥？」芭妮看到曙光，整張臉亮了起來。

「昨天晚上，我做了全新魔法藥，法力加倍，可愛升級。」

芝絲露摘下甜筒頭飾，打開雪糕球，取出兩顆魔法藥丸，看起來像佈滿血絲的眼球。

「是**恐怖升級**才對吧。」芭妮流下冷汗。

「相信我，快吃啦！」

她們吞下魔法藥丸，「噗」的一聲，變成⋯⋯兩個水窪！

「變成這樣怎麼進攻？」芭妮以為吃錯藥丸。

「這是『高速急轉彎魔法水窪』，可以在地上快速移動。影子一旦掉入魔法水窪，就無法出來。當我們回復原狀後，影子便會困在水珠裏。」

芝絲露每晚努力練習，魔法不知不覺進步了。

「我們有多少時間抓影子？」芭妮問。

「五分鐘。相信我，會成功的。」

「好，我們要速戰速決。」

兩個水窪分開行動，芝絲露全速滑向戶外的鞦韆，站着的影子沒留意地面，「撲通」掉入水窪。

水窪的移動速度太快，戶外的影子走避

不及，統統掉到水窪裏。小朋友趕快逃到空地一角，圍在一起不敢亂動。

「哈哈！原來影子也不是太難對付嘛。」芝絲露説。

在課室的芭妮也在捕捉站立的影子，先救小朋友脱離險境。

「我覺得身體裏面滑溜溜的，全身都不舒服。」芭妮擺脱不了心理陰影。

最後輪到牽制着老師的三個影子，只要收服他們便大功告成。

三個影子站起來，緊貼着老師的背部和雙腳，用他們做擋箭牌。

總不能連老師也收服，可以怎麼做呢？

「影子都是滑溜溜的，既然可以觸摸，就可以用物理方法分開。」芭妮説。

課室裏有洗手盆，水龍頭接駁着一條軟水管。

芭妮不動聲色地爬上洗手盆，打開水龍頭，拿着軟水管**向影子射水**。

影子拼命抓住真身，很快便抵擋不住水壓的衝擊，終於和老師分開。

「機會來了。」芝絲露在地上溜過去，三個影子「撲通撲通」掉到水窪裏。

苦戰了五分鐘，兩個水窪變回兩隻魔法兔。她們搖動手上的水珠，大吃一驚：「為什麼沒有影子？」

呼嘻嘻，嘻嘻！

影子們從天花板跳下來，調皮地扮鬼臉。原來在魔法轉換的一秒鐘，他們從水窪裏逃了出來。

看到芝絲露和芭妮一臉驚訝，影子們發出**連串嘲笑聲**。

「哎呀！我實在太大意了。」芝絲露扁起嘴。

「豈有此理！你們一定會後悔！」芭妮氣得咬牙切齒：「小雲，我們要將影子電暈。」

「知道了。」頭頂的小雲説。

芭妮使用氣象魔法，小雲化作閃電，追着影子在腳前劈下去。

閃電一個接一個，速度快，數量多，影子被閃電追擊，全部退到牆角。

絕招！閃電光球！

許多閃電集中在一起，變成一個發光球體，向着影子直飛過去。由於強光太刺眼，所有人或閉上眼睛，或用手遮住雙眼。

「嗚哇哇！」影子發出淒厲的慘叫聲。

「成功了！」芭妮收回魔法。

當強光消失後，影子的頭髮像獅子鬃毛一樣炸開，動也不動。

「影子本來全身黑色，他們有沒有燒焦？」芝絲露問。

「影子不會死，他們受到教訓後，應該不會再做壞事。」

芝絲露大聲説：「各位老師和同學，你們放心……」

還沒説完，影子已經回復原狀，咧嘴發出「呼嘻嘻」笑聲。

「不會吧？」芭妮的魔法失敗了。

影子們揚起眼角、牽起嘴角，一步步逼近芝絲露和芭妮。

「怎麼辦？」芭妮無計可施了。

「我還有最後必勝大法。」芝絲露説。

「什麼魔法藥丸？快拿出來！」

「事到如今，當然是走為上着！」芝絲露邊跑邊喊：「你們留在課室裏，不要出來啊！」

無法制服影子，引他們離開幼稚園，

未嘗不是一個折衷方法。

　　芭妮不甘心，全力奔逃的她氣得想哭：
「我討厭影子！」

第⑥章
飛天影子

　　不動大師坐在小飛龍米克身上，在空中搜尋安娜的蹤跡。

　　「噹噹……噹噹……」

　　鐘樓響起報時鐘聲，引起不動大師的注意。

　　呼嘻嘻，嘻嘻！

　　一隻**影子巨獸**爬上鐘樓，一直向着樓頂往上爬。

　　「爬到這麼高很危險嘛。」不動大師說。

　　米克飛近巨獸，竟然看到**身上有一雙雙眼睛◎◎**，他難以置信：「這是什麼怪物？」

　　「他不是怪物，正確來說，他們不是怪物，而是很多個影子重疊在一起。他們全身

黑色，所以才不容易被看出來。」

「你們不下來，鐘樓會倒塌。」不動大師對影子說。

呼嘻嘻，嘻嘻！

「他們喜歡高的地方，想在樓頂看風景。」米克擔任翻譯。

「他們只會『呼嘻嘻』，你聽得懂他們說什麼嗎？」

「小卡也是只會『咿咿』叫，他會用高低音和長短音，表達不同的意思。」

「好吧，那就讓他們『飛高高』吧！」

不動大師打開《伊索寓言》，翻到〈**愛漂亮的烏鴉**〉，念起魔法咒語：「雀鳥朋友，出來遊山玩水啦！」他向着書頁吹一口氣，一羣雀鳥吱吱喳喳地從書裏飛出來。

「你要我們參加選美嗎？」烏鴉問。

「請你們帶這些影子在空中暢遊，可能

要飛一段長時間。」不動大師說。

「難得有機會展現美麗的姿態，我們求之不得。」

「對了，你身上的七彩羽毛呢？」

「全部拔下來了，我現在覺得全身黑色很好看，我就是我嘛。」

「你和其他雀鳥相處愉快，看來牠們也喜歡真正的你。」

只要雀鳥們聚在一起，便會吱吱喳喳地聊個不停，感情好得不得了。

雀鳥們飛到鐘樓，抓住一個個影子，帶他們體驗飛行的樂趣。

亮澤的羽毛在陽光下，閃出七彩光芒，裝飾藍天的畫布。

讓影子飛上天，一方面實現他們的願望，另一方面確保他們不會傷害居民，可謂一舉兩得。

不動大師遙望遠方，陷入短暫的沉思。

「你在想什麼？」米克問。

「你還記得昨天的**紫色濃煙**嗎？」不動大師問。

「嗯，奇怪的煙。」

「在月落之國，食物魔法兔製造魔法藥丸時，經常煮出各種怪煙。但普通人無論煮什麼，都不會釋放紫色濃煙。」

「那個現象要怎麼解釋？」

「無法解釋的超自然現象。」

「即是沒有答案嘛。」米克的眼神很無奈。

「沒有答案，但有意思。」不動大師指着遠方說：「當時，那陣煙不斷升高，在消失之前變成一隻手，指着這個方向，好像要告訴我們下一個目的地。」

「噢！那個方向……」米克心頭一怵。

「如果要去那裏，**我們可能會有生**

命危險。」

🌙 ★ 🌙 ★ 🌙 ★ 🌙 ★ 🌙

鎮中心的公園繁花盛開，花香撲鼻。

白公子和志誠環視四周，有幾個市民在長椅上休息，沒有人呼叫或奔逃，一片悠閒寧靜。

「看來安娜和我們的影子不在這裏。」志誠鬆了一口氣。

「暴風雨前夕是最平靜的。」白公子有**不祥的預感**。

垃圾桶旁有一個紙團，志誠撿起來，打開來看，傳單後面寫滿粗俗的話。

「奇怪，奇怪，真奇怪！」白公子摸着下巴沉思片刻：「我知道了，一定是安娜故意留下，只要破解密碼，就會找到她。」

「為什麼要這樣做？」志誠反而覺得只是有人**無聊亂寫**。

一位婆婆經過兩人身邊，看到皺巴巴的傳單，停下來說：「剛才，有個女生坐在對面的長椅上，一邊在傳單上寫字，一邊罵人。寫完後，她把傳單擲向垃圾桶。」

「咦？不是密碼嗎？」白公子大受打擊。

「哪有什麼密碼？就只是生氣，發洩不滿的情緒。」

婆婆踏着蹣跚的腳步繼續散步。

這個女生寫字很用力，快要劃破紙面，給志誠似曾相識的感覺，一時間卻想不起來。

「我認為安娜一定會在某個角落留下密碼。」

白公子把傳單揉成一團，丟入垃圾桶。

為什麼要執着於密碼？志誠覺得白公子又古怪又有趣。

陽光下，樹木的影子輕輕晃動，人們、

長椅、垃圾桶延伸出長長的影子。

公園的散步道兩旁種了整排參天大樹，樹上開滿蝴蝶形狀的花朵。

白公子和志誠一邊尋找安娜，一邊留意地面的影子。

志誠望着張開翅膀的雀鳥影子說：「蝙蝠、貓頭鷹、巨嘴鳥，這個公園有很多種雀鳥。」

「蝙蝠和貓頭鷹在晚間活動，現在應該躲起來睡覺。」

白公子和志誠對望一眼，視線從地面的影子向上移，竟然**看不到任何雀鳥**。

呼嘻嘻，嘻嘻！

雀鳥影子張開眼睛，拍動翅膀，「咻」地飛到天上。

「哇啊！」志誠嚇得摔在地上。

白公子左手按着藤蔓胸針，胸針射出一

道光。他向着光線伸出手說：「來自由地飛翔吧，蝴蝶花！」

樹上的蝴蝶花同時起飛，好像大羣蝴蝶漫天飛舞一樣。蝴蝶花包圍着雀鳥影子，把他們帶到白公子面前。

雀鳥影子被蝴蝶花困住，只露出頭部，怎樣掙扎也走不出去。

「安娜在哪裏？」白公子問。

「哼！」三個影子一起別過臉，**不打算合作**。

「你們說出安娜的位置，並且答應不傷害任何人，我就會放過你們。」

影子們互相對望，開始有點猶豫。

「安娜是不是你們的朋友？」志誠問了一道奇怪的問題。

「為什麼要問這個問題？」白公子反問。

「我不明白魔法兔和施魔法對象的關係，

互相幫助？還是互相利用？」

「我的情況是互相幫助的朋友。」白公子
腦筋一轉：「對了，**不應該出賣朋友呢**！」

突然，大量松針影子從遠處飛來，「危
險！」白公子拉着志誠跳開，躲在大樹後面。

松針影子直飛向蝴蝶花，蝴蝶花當場四
散紛飛，避開松針的攻擊。

雀鳥影子脫險了，趁機逃出公園。

「真可惡！是誰這樣做？」白公子喊。

一個風度翩翩的影子，自信滿滿地迎面
走過來。

「不會吧？」

白公子竟然看到自己的影子站在面前。

白公子撥一下頭髮，影子也撥頭髮；白
公子裝模作樣地轉圈，影子也跟着轉圈。

「你果然是我的影子。」白公子哭笑不
得：「你來通知我安娜在哪裏嗎？」

影子攤開雙手，嘴角揚起**不懷好意的笑**。

「看來來者不善呢！」

影子笑着點頭。

「我不會和你戰鬥，誰知道傷害自己的影子，真身有沒有後遺症？」

在解除魔法之前，白公子的影子絕對不會回來。既然自己的影子已經表明立場，就沒什麼好説了。

「志誠，我們走吧！」

白公子想走出公園，影子立刻叫大樹的影子跑過來，阻擋他們的去路。

「植物魔法兔的影子真麻煩！志誠，你找地方躲起來。」

「我知道了。」志誠馬上跑到長椅後，用椅背做掩護，探出半張臉偷看。

白公子用橡果進攻，影子就用松果還擊；

白公子使出香香菇，影子就使喚臭臭菇。他們使用的招式十分相似，**分不出勝負**。

白公子和自己的影子對決，表面看來是激烈的戰鬥，可是仔細觀看，他們一直保持笑容，臉上流露滿足的表情，實際上是**惺惺相惜**。

「他們根本樂在其中。」志誠自言自語。

白公子醉心於修煉，努力提升魔法力量。影子脫離真身後，仍然忠於自己的想法，專程來找真身。他知道真身和自己一樣，不會錯過難得的切磋機會。

看着兩個「白公子」，志誠想起一件往事——

有一段時間，卡通片《妖怪大屋》十分流行，幾乎每個同學都有鍾情的角色。

小息時，志誠和三個男同學圍在一起，

聊起昨天《妖怪大屋》的劇情。

「太好看了，我覺得大眼怪最有型。」

「我喜歡長手怪。」

「我最喜歡光頭怪，他的法力最強。」

老實說，志誠覺得《妖怪大屋》劇情無聊，角色跟去年《妖怪大冒險》類同，毫無創意。

志誠沒有表達意見，喜歡大眼怪的同學不高興地問：「你不喜歡《妖怪大屋》嗎？」

「咦？」志誠感到莫名的緊張。

聽到同學這麼一問，所有人都靜了下來，**氣氛頓時變差**。

「不，不，我都喜歡大眼怪。」志誠勉強地笑。

「太好了！我們志同道合啊！」

看到同學心情好轉，志誠也鬆了一口氣。

為什麼不直接說不喜歡呢？明明置身於

歡樂的氣氛中，志誠卻無法打從心底笑出來。

「碰碰……砰砰……」

強烈的碰撞聲把志誠拉回來現實。

兩個「白公子」召喚的植物越來越大，現在連杉樹都加入陣營，彷彿兩個巨人比試。

白公子鬥志激昂，張開雙手準備使出更強魔法。一陣暈眩突然襲來，眼前天旋地轉，他站立不穩，單膝跪在地上。

「為什麼會這樣？」

隨着魔法減弱，杉樹也倒下來，快要壓住白公子。

「危險！」志誠來不及思考，撲到白公子的身上。

「你怎麼樣？」白公子問志誠。

「我沒事，咦？為什麼會沒事？」

他們抬頭一看，影子竟然用身體擋住杉樹，他用力一推，杉樹重新站起來，回到本來的位置。

「謝……謝謝！」白公子向影子道謝。

影子滑到地上，一下子便消失無蹤。

志誠十分錯愕，影子這樣做不怕安娜生氣嗎？

所有人都逃出公園了，志誠扶白公子到長椅休息。

「為什麼衝過來？知不知道很危險？」白公子問。

「我不能見死不救。」志誠說。

「我的影子也是這麼想吧。我想影子魔法兔一族之所以起內閧，可能是有些善良的兔子和影子不想做壞事，**分成正邪兩派**。」

「你認為安娜是大奸大惡的魔法兔嗎？」

「我不認識她，不能妄下判斷。」

影子離開真身的影響陸續出現，體力急速衰退。

縱使問題還沒解決，但是白公子走不動了，現在的他無法保護任何人。

「讓我休息一下。」

「你放心，我會監視着公園有沒有古怪。」

志誠拾起兩根樹枝來防衛，公園寧靜得只聽見風吹過樹葉的聲音。

「你其實**不想跟我冒險吧**？」白公子説。

「咦？」志誠的心抖了一下。

「剛才在客廳，我看到你雙腳發抖，應

該很害怕，對不對？」

　　沒想到白公子留意到自己的反應，志誠只好「嗯」地點頭。

　　「為什麼不直接說出來？我不會強迫你做不願意的事。」

　　「我說不出口。」

　　「擔心什麼嗎？」

　　志誠垂下頭，不知從何說起：「我很羨慕你。」

　　「我天生英俊瀟灑，世間稀有，的確不容易模仿，難怪你會羨慕我。」白公子撥一下頭髮。

　　「咦？」志誠想說重點不在這裏，卻不好意思說出口：「嗯，你的確⋯⋯」

　　「你是不是想附和我？」

　　「咦？」

　　「不要再『咦』來『咦』去，你真正的

想法是什麼？我保證不會生氣。」

志誠深呼吸一口氣，鼓起勇氣說：「你的確長得好看，但過分自戀，經常撥頭髮太造作了。」

「哈哈！我是自信，不是自戀，你到底羨慕我什麼？」

白公子處之泰然，沒有被志誠的話擊倒，使志誠壯大了膽子。

「魔術團團長邀請你跳槽時，你當面拒絕，我覺得你很有勇氣。」

「不想做的事情就要拒絕，**清楚表明自己的意願很重要**。」

「我做不到的，我會留意別人的臉色，不想對方不開心。如果我沒有附和對方，氣氛變得很差，我會很內疚，覺得是自己做錯事。」

「幾時開始？」

「大概兩年前，爸爸去世之後，在家裏和學校都是一樣。大家都大笑，所以我也會笑；大家都生氣，所以我也會生氣。」

「比起自己的意願，別人的感受更重要嗎？」

志誠點了點頭。

「處處顧及別人的感受，對別人好，你真是善良體貼呢！不過，你把自己的感受**徹底埋葬**，別人真的會開心嗎？他們真的想你這樣做嗎？」

「咦？」志誠不自覺地説出口頭禪，他從沒思考過這個問題。

「你一直勉強自己吧，你有多久沒有真正的笑過？」

一眨眼，淚水盈滿眼眶，志誠拼命忍耐着，不讓眼淚掉下來。

「你顧及別人感受的同時，也害怕被他

們討厭吧？才會不敢説出真心話。人本來就有不同想法，我們**沒法討好所有人**。我相信關心你的人會想聽到你的真心話，而不是沒靈魂的附和。」

「我真的可以説出自己的想法嗎？」

「當然可以呀！長期看別人臉色過日子，人會漸漸迷失，最後**不知道自己是誰**。」白公子「噗哧」一笑：「你一開始見到我和芝士兔時，害怕得無法説話，怕被我們吃掉的樣子很可愛，我喜歡那個坦率真誠的你。」

「那時候很狼狽，你不要記住啦！」

志誠感到心裏有一股暖意緩緩地流動，一張臉漸漸亮起來。

「有禮貌地表達自己的想法，別人接不接納，高不高興，那是他們的事。」白公子搭着志誠的肩膀説：「至少**不要為了討好別人而討厭自己**。」

爸爸取的名字帶着祝福和期望，「志」是意向，「誠」是真心真意，他希望兒子真心真意面對自己。

志誠險些忘記了，爸爸為自己留下了最寶貴的禮物。

「謝謝你！」志誠拭去眼角的淚水，露出燦爛的笑容。

「光影鎮又漂亮又舒服，在這裏生活真不錯呢！」白公子休息夠了，站起來伸展手腳。

「光影鎮……光影……光……影……」志誠倉皇地彈起來，激動地説：「**有光的地方就有影子** ●。」

「當然呀，怎麼了？」

白公子直視着志誠的眼睛，腦筋轉了幾個圈，牽起嘴角説：「我們怎麼現在才想到，快走！」

魔法兔受到影子魔法的影響，體力和法力都越來越弱。假如找不到安娜解除魔法，他們的法力可能會完全消失，甚至失去生命。

芝絲露和芭妮引影子走出幼稚園後，不斷奔跑領他們去空曠無人的地方，幾經辛苦終於擺脫他們。

兩個女孩躲在小巷，她們用了太多魔法，累得連說話都有氣無力。

芝絲露肚子餓，看到一個芝士蛋糕由遠至近飄到面前，她流着口水說：「我要吃芝士蛋糕。」可是，當她一伸出手，芝士蛋糕便消失了。

「不好了，我開始出現幻覺，再多兩個幻覺就會去天堂。」芝絲露聽過人類世界的童話故事。

「你又不是賣火柴的小女孩。」芭妮的眼神很無奈。

「噢！我看到聖誕樹和祖母，我果然是賣火柴的小兔子。」

「芝士兔！」在半夢半醒之間，芝絲露聽到有人叫自己的名字：「愛迪生來接我啦！」

「是安徒生喔⋯⋯等等⋯⋯」芭妮靜心細聽，好像聽到熟識的聲音。

「芭妮！芝士兔！」白公子邊跑邊喊：

「我們想到解決方法啦！」

白公子感應到芭妮的氣息，趕快跟她們會合，沒想到她們比自己更虛弱。

「小雲呢？」白公子問。

「我在這裏。」小雲躺在芭妮的手心上，她竟然變小了。

「你可以用魔法嗎？」

「不知道。」

「你有方法找到安娜嗎？」芝絲露問。

「可能，或者，我也不知道結果會怎樣。」

兩個女孩翻了一個白眼，把目光移到志誠身上。

「孤注一擲！」志誠説。

「即是怎樣？」芝絲露問。

「安娜擅長隱藏，我們很難找到她，除非她自動現身。所以，如果想影子回到真身，就要先令影子消失。」

「怎樣令她自動現身？」芝絲露還是聽不懂。

「影子要有光才能行動，一旦沒有陽光，影子便會消失。到時，安娜便會很生氣，現身向我們發脾氣。」志誠説。

「影子魔法兔法力高強，她會輕易上當嗎？」芭妮半信半疑。

「我會幫媽媽在家裏照顧小朋友，他們玩遊戲時，經常有人忽然喊『我不玩了』，不滿意對方中途退出的人，總是氣呼呼指責對方，吵架收場。安娜出來前，叫我們有本事就去捉她，她應該受不了我們中途退出。」

「安娜也是小朋友。」白公子補充説。

「聽起來有道理，現在什麼方法都要試試看。」

芭妮想站起來，可是一起身便頭暈，腦袋迷迷糊糊。

志誠只是比平時容易累，還不至於頭暈氣喘，沒想到魔法兔受到更大影響。

「你要不要這個？」志誠拿出一包超級酸味糖果：「雖然不是藥，但應該可以提神。」

「這是魔兔便利店最暢銷的糖果，你真的很有眼光。」

大家和小雲一起吞下超級酸味糖果。

酸味刺激全身神經，大家不禁抖了一下，仰天吶喊：「好酸啊！」

「我現在精神多了。」芝絲露拍一拍臉頰。

「我知道怎樣做了。」芭妮挺起胸膛，左手插腰，右手指着天空，說：「小雲，加油啊！」

「我準備好了！」

芭妮從左至右畫出一道弧線，邊畫邊說：「雲之上，日之心，請讓我召喚烏雲！」

小雲直衝上天空，瞬間烏雲密布，把太陽完全遮蔽，四周一片昏暗。

「嗚哇哇！」連串慘叫聲之後，影子全部消失了。

魔法兔瞪大眼睛，緊張地留意着周圍。

過了一會，安娜從樹上跳下來，氣沖沖地罵：

你們犯規，太過分了！

「成功了！」志誠低聲說，安娜果然**思想單純**。

白公子用左手按着藤蔓胸針，胸針射出一道光。他向着光線伸出手，說：「來綁住安娜吧，珊瑚藤！」

話音剛落，牆壁的珊瑚藤像一枝箭似的射向安娜，眼看快要綁住對方，卻在一步之遙掉下來。

白公子雙腳發軟，跪在地上說：「我沒有氣力了。」

「你們真沒用，再過一百年都捉不到我呀！」

安娜想扮鬼臉，突然臉容扭曲，身體不停扭來扭去，大叫：「好痛，好痛，好痛啊！」

第⑧章
安娜的秘密

「現在流行跳痛痛舞嗎？」芝絲露傻傻地眨眼。

「可能是召喚影子大魔王。」芭妮說。

「安娜好像**真的被什麼弄痛了**。」志誠說。

就在這時，不動大師騎着米克降落，他捧着的《伊索寓言》，打開了〈螞蟻和鴿子〉的一頁。

「店長！」魔法兔見到「救星」，激動得熱淚盈眶。

「你們看來很累呢！」不動大師說。

「你沒有受到影響嗎？」白公子問。

「我的兔生座右銘是『**不消耗無謂的體力**』，影子在不在都沒有太大影響。」

「我第一次覺得『懶』是優點喔。」芭妮説。

　　「喂！你們不要顧着聊天，快救我！」安娜粗聲粗氣地説。

　　「你不亂動，不逃走，螞蟻便不會咬你。」

　　「螞蟻？你放了多少隻過來？」

　　「只有一隻，擅長咬人的螞蟻，一隻便足夠了。」

　　當太陽被烏雲遮蔽後，雀鳥抓住的影子隨即消失，牠們也返回《伊索寓言》裏。

　　不動大師再用伊索魔法叫螞蟻出來，爬到安娜身上咬她。

　　無論安娜怎樣蹦跳或拍打，都趕不走身上的螞蟻。

　　「你想怎樣？長毛怪！」

　　「我是長毛兔，不是長毛怪，小朋友説話要有禮貌啊！」不動大師搖着手指説。

安娜撇一下嘴，不服氣地說：「請問你想怎樣？長毛兔先生。」

「我想你跟我回大房子，**解除影子魔法**。只要你答應不逃走，螞蟻不會咬你。」

「知……知道了。」

安娜無奈地跟着不動大師坐在米克的背上，飛向魔術團的大房子。

魔法兔和志誠走不動了，幸好遇到熱心的叔叔，開車送他們回去。

★　☽　★　☽　★　☽　★　☽

在大房子客廳的桌子前，白熊艾倫苦着臉認真地寫信。

「你寫什麼？」銀狐雪麗問。

「遺書。」

「魔法兔正在幫助我們，不用太悲觀啊！」

「你當時也被影子抓住，差點就折斷手腳，痛得快要死了。」艾倫稍為回想一下，

也會心跳加速。

「現在想起來，那時候的確很痛，但是……」

松鼠阿芙拉一直守在窗前，看到米克在空中出現，高興地叫：「他們回來啦！」

魔法兔回到大房子後，螞蟻向不動大師道別，走入《伊索寓言》裏。

伊索魔法一解除，安娜便跳上桌子，艾倫嚇得馬上彈開。

「看來有人不遵守諾言，我還有很多朋友，獅子、老虎、神仙，你想和誰玩遊戲？」不動大師搖了搖《伊索寓言》。

安娜掃視眾人，所有人都板着臉。她「哼」了一聲，轉動着左手的戒指說：「回到屬於你的地方。」

下一秒鐘，所有影子的臉孔消失，一一回到真身，變回日常的影子。受到影子魔法

影響，虛弱的身體也恢復過來，一場混亂的風波總算平息了。

「為什麼要這樣做？」芝絲露問安娜。

「我本來住在這裏，你們未經我同意，擅自住進來，是你們不對。」安娜嘟起嘴説。

「你自己一個住在這裏？」芭妮十分詫異。

「對呀！不可以嗎？」

「你沒有得到屋主同意，偷偷住進來，你説誰人不對？」不動大師説。

安娜「哼」了一聲，別過臉不想回答。

「你幾歲？」芝絲露問。

「十歲。」

「我以為你只有七歲喔。」芭妮説。

「我以為是五歲。」白公子説。

「你的家人在哪裏？」芝絲露問。

「不知道，我一直都是自己一個。」

「沒有人陪你，你很寂寞吧？」芝絲

露説。

「寂寞」兩個字像個大鐵鎚敲擊安娜的心臟，她怒吼着發狂似地在屋內亂跳，踢開椅子，推倒花盆，撕破窗簾，再跳到桌子上。

「我不寂寞，你們問夠了沒有，煩不煩啊！我是法力高強的影子魔法兔，我不需要人陪！」

安娜已經忘記在哪裏出生，怎樣來到光影鎮，只記得手上一直戴着**魔法戒指○**。自從懂事開始，她便可以隨意召喚影子。

起初，安娜會和鎮上的小朋友遊玩，大家相處融洽。有一次，她叫影子出來一起玩遊戲，有大人看到後大驚：「惡魔影子要毀滅光影鎮啊！」

大人們包圍着安娜，説出遠古影子魔法兔的惡行，紛紛指責她是**惡魔的後裔**，認定她是壞孩子。他們不但阻止安娜和子女

安娜的秘密

接觸，還把她趕出光影鎮。

安娜有時會頑皮，卻從來沒有害人。她不知道影子魔法兔的過去，只想和朋友在一起，可惜沒有人願意聽她的解釋。

安娜被人嫌棄，既害怕又難過。她不知道可以去哪裏，偶然發現近郊的大房子無人居住，於是在晚上偷偷潛入去。這裏只會租給外地來的表演團體暫住，沒有人發現有人藏在屋裏。

安娜只會在晚上出動，她尋遍整個光影鎮，不要說影子魔法兔，就連**一隻兔子也沒有**。

無聊時，她會和影子玩，打發時間。什麼魔法修煉？什麼真身和影子的影響？她統統不懂，根本沒有人教過她。

她討厭黑暗，因為**黑暗會吞沒影子**。影子是惡魔，卻是她唯一的朋友。

「哼！人人都説我是壞孩子，我就壞給你們看，有誰膽敢招惹我！」安娜揚起鼻子説。

「你怎會是壞孩子呢！」銀狐雪麗走上前説：「當影子抓住我，扭我的手腳時，我一叫好痛，影子便停手了。你本來可以折斷我的手腳，但你沒有這樣做。」

「我只是一時失手。」

「你剛才發脾氣，只是找死物發洩，沒有傷害任何人。」

「喂！你不要過來，我會咬你啊！」

「你到處搗亂，是不是想引起我們注意？」雪麗帶着微笑走到桌子前，把安娜抱入懷裏，柔聲説：「你其實想和我們做朋友吧？」

一呼一吸之間，安娜的眼眶湧出淚水，她放聲大哭：「我不想自己一個，我想有人和我説話，有人和我吃飯，嗚嗚……

安娜的秘密

嗚嗚……」

終於聽到安娜的真心話，雪麗摸着她的頭説：「説出來就好了，説出來大家都會明白了。」

安娜的淚水滴在白熊艾倫的遺書上，其中幾個字糊掉了。

志誠的心「咯噔」一下，喃喃地説：「淚水？難道……」

自從魔術團來到大房子後，安娜每天偷看他們練習，覺得非常有趣好玩。她很想現身，卻怕被嫌棄。

後來，魔法兔出現，她以為向同類展現魔法力量，便會得到認同，可惜做得太過分，事與願違。

安娜心情平伏下來後，向眾人誠懇地道歉：「對不起！」

「安娜，你願意加入出奇魔術團嗎？」

梅花鹿團長基斯問。

「什麼？」安娜以為聽錯了。

「我們希望透過魔術表演，令觀眾度過愉快難忘的時光。你可以用影子表演，我們也會教你魔術，魔術和魔法互相配合，説不定會有意外驚喜。」

艾倫現在不怕安娜了，他拿出一份報章説：「這裏刊登了我們演出的報道，絕對不是詐騙集團。」

「但魔術是障眼法呢！」芝絲露的話引起哄堂大笑。

安娜興奮得蹦蹦跳，笑着説：「我願意！我願意！我要加入出奇魔術團。」

「你的祖先做過壞事，你就去做壞事，惡魔的標籤就會像影子一直跟着你。每個人都是獨立個體，有自己的思想，不公平的標籤令人難受，**越在意越難撕掉**。但當你

選擇善良，拒絕活在惡魔的陰影裏，那些標籤便會隨着時間掉下來。」不動大師語重心長地說。

「我不會再自暴自棄了。」安娜說。

志誠很感動，看着安娜，有點想念家裏的妹妹。

橡子精靈好奇地閱讀報章，志誠盯着出奇魔術團的照片，再回想在月落之國遇到的一切，恍然大悟：「我明白了。」

「你明白了什麼？」白公子問。

志誠從書包拿出惡魔筆記簿，說：「我知道是誰寫這本筆記簿了。我想現在回去，是不是要回到森林的那棵樹？」

「你說過人類世界的時間暫停了，那邊沒有人知道你不在，你不用急着回去。」白公子說。

志誠望着停止跳動的電子錶，說：「我

想念媽媽和妹妹，我想回去，陪在她們身邊。昨天晚上，你問我有什麼想做的事情，我想把這本筆記簿物歸原主，對他說希望他說出真心話，**真心真意面對自己和身邊人。**」

「你說話一點都不像小朋友呢！」芝絲露說。

「我十一歲，是青少年。」

「為什麼我是小朋友，你是青少年？我們只差一歲啊！」安娜高聲投訴，逗得大家笑聲連連。

「入口和出口可以不一樣。」不動大師說：「到處看似沒有門，門其實無處不在。只要你伸出手，就會有出口。」

志誠思考着無處不在的意思，嘗試在牆上伸出手，說：「開門吧！」

牆上旋即出現一道門，門後就是人類

世界。

「傳說有真有假，換言之有很多可能性。我相信**我們會再見面的**，可能在人類世界，可能在月落之國，也可能在另一個世界。」志誠笑一笑：「謝謝你們！」

志誠打開門，邁出腳步。當門關上後，牆上的門隨即消失。

「另一個世界嗎？」白公子盯着牆壁喃喃自語。

「他比我們想得更深遠嘛。」不動大師笑着說。

假如有一天，別離的人再次相見，那會在什麼地方？

假如有一天，想念的人再度相聚，那一定是最好的時光。

第⑨章
魔法留言

　　志誠回到家裏，日期停留在家長日那天，電子錶的數字重新跳動。

　　「我要爭取時間。」

　　校門有同學派發活動節目表，介紹各個攤位和展覽的位置。

　　志誠一直覺得簽名很眼熟，看到出奇魔術團的報導後，他終於想起來了，曾經在報章的校園版看過。

　　惡魔筆記簿的主人叫子耀，他上個月獲得繪畫比賽大獎，報章刊登了他的作品和照片。他還應記者要求，即場簽名留念。

　　後來，校長把子耀的作品掛在學校的藝術廊。

　　志誠跑到藝術廊，找到子耀的油畫，

標貼寫着名字和班別。

「4C班。」

志誠跑到4C班的課室，室內展覽了同學的作文和視藝作品。他看不到子耀，於是問當值女同學：「子耀在哪裏？」

「他剛才還在這裏，去了哪裏呢？」一個高大的男同學經過門外，女同學説：「他是子耀的好朋友，你可以問問他。」

志誠趕緊跑出課室，截住高大的男同學，問：「你知道子耀在哪裏嗎？」

「他好像陪媽媽去禮堂聽講座。」

「謝謝！」

子耀的簽名有一雙長耳朵和一支筆，志誠起初只覺有趣，沒有深究當中意思。現在他明白了，長耳朵是兔耳朵，那一支不是筆，而是魔法棒。

子耀聽過魔法兔的都市傳說，他用自己

的方法向魔法兔求救。

惡魔筆記簿的封面和封底都沒有寫名字或畫圖，看起來只是一本普通筆記簿，混入其他功課之中，也不容易被人發現。

志誠猜想：重覆而用力寫的「惡魔」是要發洩不滿的情緒，糊掉的字跡不是沾到了水，而是被淚水弄濕。

子耀一直默默忍耐，而他不滿的原因已經畫在筆記簿裏。

志誠向着禮堂奔跑，在禮堂門口見到一對母子，媽媽笑容滿面，子耀的臉色灰沉沉，構成強烈的對比。

志誠大喊：「子耀！」

兩母子同時停步，看着志誠喘着氣跑到他們面前。

「終於找到你了。」

「你是誰？」子耀問。

志誠遞上惡魔筆記簿，子耀非常驚訝，脫口而出：「我的筆記簿。」

平平無奇的筆記簿，**只有物主才能一眼認出來**。

昨天，子耀不小心掉了筆記簿，找過很多地方都找不到。本來打算今天繼續找筆記簿，媽媽卻寸步不離，無法獨自走開。

「對不起！我擅自看了你寫的筆記，你是不是有很多話想說出來？」

「你想說什麼？」媽媽問。

子耀下意識地搖頭，眼裏透出**恐懼的神色**。

志誠在子耀耳邊低聲說：「魔法兔有話要我告訴你：『不要為了討好別人而討厭自己。』」

子耀十分震驚：「**你見過魔法兔？**」

「嗯，你不說出真心話，什麼都不會

改變。」

魔法兔的留言帶來勇氣，子耀怕
魔法會消失，現在不說出來，可能以後也不
會說。

子耀全身顫抖，抬頭對媽媽說：「我喜
歡畫畫，但討厭畫你指定的畫。我討厭每天
不停練習彈鋼琴，我討厭補習，不停做補充
練習。我討厭明明成績進步了，不夠高分被
你罵，我很辛苦啊！」

子耀失聲痛哭，彷彿流下一整年的淚
水，老師、家長和同學都看着他們。

「我只是為你好，你之前都沒說過辛苦。」

「我怕被你罵，怕被你打，你生氣時好
像惡魔一樣可怕，嗚嗚……」

「你不要再哭，大家都看着我們，還以
為我虐待你，真丟臉！」

媽媽拉着子耀匆匆離開禮堂，哭聲在空

氣中逐漸消逝。

志誠和子耀在截然不同的環境成長，卻同樣**無法說出真心話**。

沒有人知道說出真心話後，事情會變好還是變壞，但至少曾經**真心真意面對自己**。

♪ ★ ☽ ★ ☽ ★ ♪ ★ ♪

回到家裏，媽媽和妹妹已經回來了，妹妹吃了退燒藥，沉沉地睡着。看到妹妹平靜的臉，志誠總算放心了。

媽媽坐在梳化上摺衣服，志誠在她旁邊坐下來說：「媽媽，你現在有時間嗎？」

「嗯，怎麼了？」

「我……我有一個任性的請求。」

「有什麼事嗎？」媽媽放下手上的衣服，直視着志誠的眼睛。

志誠深呼吸一口氣，鼓起勇氣說：「下星

期六早上，我想參加學校科學小組的活動。」

媽媽呆住了，眨了眨眼睛。

「我會很快回來，只去一次就夠了。」
志誠急忙補充。

「志誠……」媽媽的眼眶充滿淚水。

志誠的心怦怦亂跳，媽媽是不是感到很
為難？

「其實，我可以不去，我……」

太好了！

咦？

媽媽輕擦眼角的淚水，笑着說：「你從
來不向我提出要求，現在我終於知道你想要
什麼，媽媽好高興啊！」

「媽媽……」志誠自然地跟着媽媽牽起
嘴角。

自從丈夫去世後，媽媽察覺到她和志誠的**關係有點疏離**，但她不知道原因，不懂得怎麼辦。

現在聽到志誠的心願，她猛然醒覺，志誠很久沒有向自己提出要求，很久沒有說出內心的想法。

她常常讚志誠懂事，反而使他**壓抑自己的情感**，無意中傷害了他。

「那是什麼活動？只有一次？不能多去幾次嗎？」

「肥皂泡實驗……」

志誠一開口便停不下來，滔滔不絕解釋科學小組的活動多有趣。

溫馨的笑聲驅走疲累，溫暖彼此的心靈。

每個人心裏都有一盞小燈，再微弱的燈光都可以照亮內心，點燃勇氣，走出陰暗。

在光影鎮的大劇院裏，坐滿欣賞魔術表演的居民。

不動大師、芝絲露、芭妮和橡子精靈坐在觀眾席前排，小飛龍兄弟飛到樓上特等席，心情既興奮又緊張。

白公子在哪裏？

舞台布幕徐徐升起，十個盆栽並排在台上，穿着禮服的白公子隨着輕快的音樂出場，用魔法使植物或舞動、或開花，把舞台變成**不可思議的花園**。

白公子拒絕加入出奇魔術團，卻答應做一次客串嘉賓。他很樂意為居民帶來歡樂，讓他們暫時拋開煩惱。

各位魔術師以不同組合，輪流出場表

演，每個項目都新奇精彩，觀眾看到瞪大眼、張開口，大力拍手。

最意想不到的是，安娜剛剛入團，就和團員們一起表演。她本來想跳優雅的影子舞，因心情太緊張而錯漏百出，變成搞笑的怪怪舞，令觀眾捧腹大笑。

影子風波平息後，梅花鹿團長基斯和銀狐雪麗帶着安娜，到鎮上挨家挨戶道歉。他們向居民解釋，保證安娜不會再做壞事。

不是所有人都會原諒安娜，但至少她以後不用再躲起來，可以光明正大地走在陽光下。

這兩天，魔兔便利車停泊在市中心做買賣，同時幫魔術團招募廚師。魔法兔運用賺取的金錢，添置食材和日用品，準備離開光影鎮。

大房子前的花園殘留着淡淡的燒焦味，

魔法兔站在車子前，向眾人道別。儘管相處時間短暫，彼此卻好像認識好久的老朋友，**捨不得說再見**。

「希望以後有機會再看到你們的魔術表演。」芝絲露說。

「我會努力練習，下次見面，我一定學會變魔術。」安娜說。

「以後有人照顧你，真的太好了！」芭妮說。

基斯輕拍安娜的頭，說：「傳說影子魔法兔已經滅絕，安娜卻在我們面前出現。我相信在世上某個角落，還有其他影子魔法兔，我希望找到安娜的家人。」

「你們要改名『**出奇魔術尋親團**』了。」不動大師說。

安娜抬頭望着基斯，露出安心的笑容。在她心目中，魔術團的成員就是她的家人。在巡迴表演的旅途上，有這些團員陪在身

邊，她感到十分幸福。

「你們要去哪裏？」安娜問。

「我們離開彩虹鎮後，一直向西方走，尋找米克和小卡的爸爸。」白公子說。

「小飛龍……」基斯摸着下巴想了想，問米克：「你爸爸叫什麼名字？有什麼特徵？」

「伯特，頭頂左邊的角斷了。」

「我可能見過你爸爸……」

「真的嗎？」魔法兔和米克喜出望外。

「大約半年前，我們在前往下一個城鎮途中，停下來在河邊休息。有兩隻中年雄性小飛龍在附近喝水，其中一隻的左角斷了，**看起來很疲倦**。我記得他的朋友叫他做伯特，他說要去什麼什麼山。他們喝完水後，便分道揚鑣，各自飛走。」

「哪座山？你再想清楚。」芝絲露說。

「好像是……」

「**流星山脈**　　。」不動大師說。

「對，對，就是流星山脈。啊！豈不是……」

所有人的臉色沉下來，剎那間全身僵硬。

「那是月落之國最凶險的山脈，傳說前往登山的人，沒有一人活着下山。」不動大師說。

即使基斯記不起山的名字，不動大師也打算朝着流星山脈的方向進發。

直衝天空的紫色濃煙不是意外，而是給不動大師的指引。

最凶險的山脈是什麼意思？地勢險要，氣候惡劣，還是有魔法結界？為什麼伯特要去流星山脈？魔法兔一無所知，唯一肯定的是，**沒有人會放棄**。

總算找到該走的方向，真正的難關即將出現，還有更多考驗正在向他們逐步逼近。

伊索寓言

愛漂亮的烏鴉

在森林裏，有很多不同種類的雀鳥，牠們都認為自己最漂亮，為此爭吵不休。

天神知道這件事後，召集森林裏的雀鳥，宣布明天舉辦選美大賽，選出最漂亮的鳥來當鳥王。

雀鳥們積極準備，到河邊梳洗打扮，整理羽毛。

一隻烏鴉看着自己在水中的倒影，悶悶不樂：「我全身黑色，長得這麼醜怎樣選美？」

當雀鳥們離開河邊後，烏鴉發現岸邊留下許多掉落的羽毛，七彩繽紛，漂亮極了！

烏鴉靈機一動，撿起其他雀鳥的羽毛，插在自己身上，打扮得漂漂亮亮。

第二天，雀鳥們集合在一起，天神覺得牠們各有特色，本來十分苦惱。但當天神看到花枝招展的烏鴉，不禁讚歎：「我從沒見過這麼漂亮的鳥，我決定由你做鳥王！」

「這是什麼鳥？我以前沒見過。」

「牠的羽毛很眼熟。」

雀鳥們議論紛紛，其中一隻有所發現：「那是我的羽毛啊！」其他雀鳥也陸續認出自己的羽毛。

牠們非常生氣，一窩蜂圍着烏鴉，把插在身上的七彩羽毛啄下來。

烏鴉回復本來面目，羞愧得想哭。

天神明白烏鴉對自己的外表感到自卑，對牠說：「你這樣做是自欺欺人，學習接受自己吧，自信才是最美麗的。」

烏鴉得到鼓勵，不再討厭身上的黑色羽毛。

螞蟻和鴿子

天氣炎熱，有一隻螞蟻口渴了，到河邊喝水，一不小心掉進水裏。

「救命啊！」螞蟻大聲喊。

這時，一隻鴿子飛過上空，看到在河裏掙扎的螞蟻。鴿子趕快飛到樹上，摘下一片樹葉，扔到河裏去。

「你快爬上去啦！」鴿子說。

螞蟻趕緊爬上樹葉，樹葉隨着水流飄到河邊，螞蟻終於返回岸上。

「謝謝你！」螞蟻向鴿子揮揮手。

過了一會，鴿子在樹上休息，螞蟻看見一個獵人，用獵槍瞄準樹上的鴿子。

「鴿子有危險，怎麼辦？」

螞蟻想了想，爬上獵人的小腿，用力地咬下去。

「哎呀！」獵人痛得大叫，子彈射向天空。

鴿子聽到槍聲，立刻飛走了。

魔兔傳說 SOS ④
惡魔影子

作　　者：利倚恩
繪　　者：岑卓華
出版總監：劉志恒
主　　編：譚麗施
美術主編：陳皚瑩
美術設計：梁穎嘉
特約編輯：莊櫻妮
出　　版：明報教育出版有限公司
　　　　　香港柴灣嘉業街 18 號明報工業中心 A 座 15 樓
　　　　　電話：(852) 2515 5600　　傳真：(852) 2595 1115
　　　　　電郵：cs@mpep.com.hk
　　　　　網址：http://www.mpep.com.hk
發　　行：香港聯合書刊物流有限公司
　　　　　香港新界大埔汀麗路 36 號中華商務印刷大廈 3 樓
印　　刷：創藝印刷有限公司
　　　　　香港柴灣利眾街 42 號長匯工業大廈 9 樓
初版一刷：2023 年 4 月
定　　價：港幣 68 元｜新台幣 305 元
國際書號：ISBN 978-988-8796-19-9

© 明報教育出版有限公司
版權所有，翻印必究
如未獲得本公司書面同意，不得以任何方式抄襲、節錄及翻印
本書任何部分之圖片及文字

補購方式

網上商店
- 可選擇支票付款、銀行轉帳、PayPal 或支付寶付款
- 可選擇郵遞或順豐速遞收件

mpepmall.com

電話購買
- 先以電話訂購，再以銀行轉帳或支票付款
- 訂購電話：2515 5600
- 可選擇郵遞或順豐速遞收件

讀者回饋

感謝你對明報教育出版的支持，為了讓我們能更貼近讀者的需求，
誠邀你將寶貴的意見和看法與我們分享，請到右面的網頁填寫讀
者回饋卡。完成後將有機會獲贈精美禮物。數量有限，送完即止。

https://www.mpep.com.hk/leeyiyan